KB076997

광
양
만　김
치

광양만 김치
왕나경 시조집

초판 인쇄 2018년 01월 25일
초판 발행 2018년 01월 30일

지은이 왕나경
펴낸이 신현운
펴낸곳 연인M&B
기 획 여인화
디자인 이희정
마케팅 박한동
홍 보 정연순
등 록 2000년 3월 7일 제2-3037호
주 소 05052 서울특별시 광진구 자양로 56(자양동 680-25) 2층
전 화 (02)455-3987 팩스 (02)3437-5975
홈주소 www.yeoninmb.co.kr
이메일 yeonin7@hanmail.net

값 10,000원

ⓒ 왕나경 2018 Printed in Korea

ISBN 978-89-6253-207-4 03810

* 이 책은 연인M&B가 저작권자와의 계약에 따라 발행한 것이므로 본사의 허락 없이는 어떠한 형태나 수단으로도 이 책의 내용을 이용하지 못합니다.

* 잘못된 책은 바꾸어 드립니다.

광양만 김치

왕나경 시조집

짭짤한 눈물의 맛 어머니 손끝의 맛
햇살을 가득 담아 매콤한 감동 물결
이 기쁨 가득 전하듯 새콤한 듯 품었지

연인M&B

　제 고향은 하동과 광양입니다. 태어난 고향은 하동이며, 제2의 고향인 광양에 뿌리를 내린 지도 30년이 지났습니다. 섬진강 줄기를 나눠 가진 이곳 광양과 하동은 부모를 나눠 가진 자매라고 볼 수 있습니다.

　물 맑고 인심 좋은 광양에서 키워 왔던 시인의 꿈을 이루게 된 것도 주위의 아름다운 섬진강과 광양만 바다, 여수의 오동도, 순천만 갈대밭, 백운산, 지리산 등 풍성한 먹거리와 인심이 어우러져 시인의 꿈을 이룬 것이라 믿어 봅니다.

　광양만 김치! 일품이죠?
　첫 시조집 『광양만 김치』를 독자 여러분께 나눠 드립니다.
　감사합니다.

2018년 새해 아침
왕나경

| 차례 |

2부

4부

시인은 영혼의 꽃을 피워 향기를 남기고,
그 향기로 세상을 구한다 · 정유지

1부

동짓달 긴긴밤에
초대해 맞는 바람
미인이 따로 있나
내 모습 기대해 봐
윤기가
맴도는 몸매
차오르는 수평선

낮달

하얗게 색이 바랜
초상이 걸려 있다
세상을 비추려고
밤에만 내려오듯
낮춰라
자신 비우며
더 끝없이 낮춰라

어둠이 깔려야만
제 모습 갖추려나
나목도 창백하게
추운 듯 얼었구나
그대가
푸른 하늘을
쪽배 띄워 떠돌다

청어의 변신
—구룡포 과메기

차가운 바닷속에
나신의 몸뚱아리
뭍에서 청빛으로
새살을 채운 탄력
반지르
여자의 변신
무죄라고 부를까

쫄깃한 식감부터
누구나 즐겨 찾듯
어디든 어느 장소
빠질 수 없는 인기
한겨울
빼어난 곡선
송년의 밤 독무대

동짓달 긴긴밤에
초대해 맞는 바람
미인이 따로 있나
내 모습 기대해 봐
윤기가
맴도는 몸매
차오르는 수평선

엄마별 아기별

아가야 이리 와 봐
저어기 아래를 봐
오늘은 구름 걷혀
세상이 보이구나
아가에
젖 물린 풍경
엄마 마음 똑같지

엄마야 저기 봐요
저곳엔 둥근 달님
환하게 떠 있어요
태어나 처음 봐요
귤처럼
살 오른 얼굴
무에 그리 좋은지

우주에 무수한 별
은하수 다리 건너
북극성 반짝이며
어둠을 밝혀 주듯
밤하늘
모녀의 별을
간직하게 또 뜨지

이제는 돌아가자
샛별을 남겨 둔 채
사랑을 가슴 품고
햇님을 맞아야 돼
엄마랑
코코 자러 가
아름다운 밤이야

감귤

먹어도 또 먹어도
입안에 톡톡 터진

건조한 이 계절에
딱 맞는 비타민제

하나씩
하나씩 넣은
새콤달콤 청량제

조선의 왕가에서
귀하게 여긴 특미

왕족의 식솔들만
진미를 맛본 걸까

조정의
진상품으로
아롱다롱 키운 별

낙엽, 시월 따라

그대가 떠나던 날
절망이 후벼 오고
옷깃을 여며 오듯
아리게 시린 나루
쓸쓸한 시월의 노래
강물 위를 덮는다

가슴에 부는 바람
아련한 그 추억들
노을빛 여울목에
바쁘게 돌아가고
지금은 그 어디서도
불러볼 수 없어라

탈색된 고독 저편
쓸쓸히 줄 고르며
눈 시려 흘려 내린
멍들은 아픔이야
가슴에 묻어 두고서
핏빛 가득 뒹군다

자화상 1

백년을 살자 했소
천년을 살자 했소
그대와 함께라면
아무렴 어떻겠소
첫날밤 꿈속 같았던
그 사랑을 믿었소

행복만 바랬건만
영원함 믿었건만
백년도 못 살면서
천년을 맹세했소
떠나신 그날 밤에는
하염없이 울었소

그대가 내게 주던
그 많은 사랑 연가
또 다른 사랑 앞에
눈물을 흘렸다오
그대가 남긴 씨앗들
가슴 모두 뿌렸소

자화상 2

새색시 시집가네
꽃가마 타고 가네
연지와 곤지 찍고
새신랑 따라가네
시집온 첫날밤에는
친정 생각뿐이네

새색시 한복 입고
시어른 문안하고
첫 밥상 차리는데
식은땀 흘렸었지
시어른 밥상 앞에서
가슴 떨려 혼났지

세월이 무심하게
반백년 흘러가고
이제는 마음 놓고
사는가 싶었더니
온몸이 말 안 듣고
고통만 남아 있네
그래도 옆에 있는 건
내 사람만 남았소

못질
―시집살이

젊은 날 철도 없이
시집온 큰 새댁은
회색빛 동트기 전
얼음물 깨뜨려서
정지에 불을 지펴서
가마솥을 익혔지

서방님 군대 가고
서러운 독방 신세
시어른 시동생들
힘겨운 하루하루
밤이면 눈물의 베개
마를 날이 없었다

새벽에 어김없이
며느리 단꿈 속을
거칠게 깨우시고
야속한 서방님이
가슴팍 못질하듯이
시집살이 애닯다

못질 2
―시집살이

내 나이 스물두 살
철없는 어린 여자
무엇을 알 거라고
새벽밥 짓게 했소
가슴속 대못 박듯이
다그치는 핀잔들

여리고 어린 아이
군대도 안 간 아들
행여나 군복무 후
헤어질 줄 알았소
천지도 모르는 아이
몸종보다 더 하대

군대 간 아들보다
시집온 며느리를
조금 더 아껴 주고
어여삐 해 주시지
어떻게 무정하신지
대못 크게 박혔소

한강물 말라가도
내 눈물 마르겠소
너무나 천한 취급
힘겹고 서러웠소
세상에 그런 시댁에
살았다니 우습소

하고픈 꿈 버리고
내 인생 버리면서
동장군 닥쳐와도
서릿발 내려쳐도
새벽밥 지으라면서
네 시 되면 깨웠소

눈 감고 더듬더듬
칠흑 속 새벽 부엌
가마솥 불 지펴서
더운 물 끓여 내고
열 식구 밥상 차리고
가슴 아파 울었소

달맞이길*

먼 길을 마다 않고
달 안고 오시는 날
행여나 비 내릴까
길 막혀 못 오실까
고운 님 오시는 고개
등대마저 밝히다

가을꽃 한아름을
미소로 전해 주고
썰물 끝 그리움을
가슴에 뿌리던 날
해운대 앞세운 파도
송정까지 달린다

달맞이 훤한 품에
단잠을 꿈꾸는가
그대와 함께라면
무엇을 마다할까
떠나면 또 담는 가슴
전영록도 만나다

---

* 달맞이길은 부산 해운대에서 송정해수욕장 넘어가는 고개를 일컫
는다.

가을 사랑

갈바람 부는 소리
그대를 찾는 소리
어허야 어허라차
둘레길 오시는 길
그리워 불러 보듯이
연서 가득 쌓인다

구름밭 산골짜기
미풍이 불어오면
어허야 어허라차
추임새 놓는 가을
속 깊이 안아 줄까나
사색의 창 뿌린 밤

거울

세상이 유리처럼
맑기만해 준다면
차가운 어둠 속을
헤매지 않으련만
힘없어 흐느껴 우는
반대편 삶 애닯다

어항 속 붕어처럼
살아야 하는 세상
쇼윈도 비춰 보며
매무새 고쳐 보고
오늘도 힘겨운 하루
웃는 연습 반복 중

택배

친구가 보내준 정
정성껏 포장해서
배달된 선물상자
뜨겁게 익고 있듯
벽공의
파란 내음 속
향기 가득 채웠지

조심히 보물상자
가만히 살펴보니
포개고 또 포개서
우정이 가득 찼지
사연을
가득 담고서
별빛마저 고운 밤

사랑 표현법
―엄마, 그리고 오빠

남례 씨 식사해요
남례 씨 약 먹어요
남례 씨 바람 쐬요
남례 씨 사랑하오
울 오빠
넘 고마워요
엄마 사랑 보배죠

김 여사 영 이쁘요
김 여사 손톱 보자
김 여사 발톱 보자
김 여사 모자 쓰자
날씨가
추워졌어요
감기 조심해야죠

오빠는 엄마 좋아
엄마는 아들 좋아
언제나 웃는 두 분
서로를 아끼는 정
너무나
감사드려요
사랑해요 뽀뽀뽀

은행잎

길가에 남긴 밀어
쌓이는 노란 타투
누군가 밟고 가면
금가루 묻힌 걸까
속정을
부둥켜안고
서러움이 날리다

예쁜 집 그림 같은
아늑한 담장 넘어
봉긋이 발길 내려
갈바람 점 찍듯이
설레는
꿈을 보듬고
산책로를 밝히다

물레방아, 꿈꾸다

주르륵 물줄기를
축축축 뿜어내려
쌀방아 찧던 내력
사랑가 읊조리고
설레는
나의 맘속을
훤히 뚫어 보았지

차악착 감겨드는
물줄기 잡아타듯
떡방아 찧던 내력
풍년가 읊조리고
부풀은
연정을 돌려
하늘 꿈을 따야지

미역국

이른 봄 눈 오는 날
산통을 느낀 그날
별 같은 막내 탄생
축복을 엮는 서방
소고기 미역국 끓여
애기 젖줄 만든다

태어난 아기 샛별
쑥쑥쑥 몸이 불고
정겹게 자라면서
그날을 맞을 때면
따끈한 행복국 끓여
애지중지 먹였지

붕어빵

펄펄펄 눈이 내려
가슴속 시려오다

무쇠틀 붕어들이
줄지어 달린 골목

노릇히
잘 생긴 몸살
발목 잡는 특잉어

하동배

섬진강 바람 맞고
햇살을 담은 걸까
한 입을 베어 물면
입안에 고인 사랑
향기로
빚어낸 손길
정성으로 키운 배

세상에 으뜸 가는
하동배 상표 앞에
시원한 달콤달콤
한 가득 채우고서
섬진강
여울목에서
달빛 환히 비추다

2부

짭잘한 눈물의 맛
어머니의 손끝의 맛
햇살을 가득 담아
매콤한 감동 물결
이 기쁨
가득 전하듯
새콤한 뜻 품었지

남원 양반

어질고 반듯함이
남다른 인물일세
근본이 어진 성품
남원골 출신이지
매사에
마음 비우듯
정갈함이 다르다

하물며 사람인데
저렇게 좋을 수가
인자한 미소 속에
인품은 절로 나고
배려의
양보 실천한
마음 도량 크구나

어머니

어머니, 부를수록
아, 가슴 뜨거운데
밥상을 차려놓고
시장을 향한 발길
새벽녘
연탄난로에
끓여 놓은 재첩국

불씨를 담은 화로
시린 손 녹여 가며
젖은 손 젖은 돈에
살갑게 키워 주신
남원댁
그때 몰랐던
당신 손길 그리다

몸살이 나시도록
찬바닥 시장에서
장사를 하시면서
지친 몸 힘들어도
오로지
자식 위한 삶
불러 보는 사모곡

아침 햇살
─닉네임 해순이 붙여

내 친구 해순이는
마음도 제법 넓다
언제나 웃음 짓듯
만나면 편안하고
흐린 날
함께 못해도
내색 않고 정겹다

내 친구 해순이를
오늘도 보고 싶다
무엇을 하고 있나
궁금해 안부하면
만나자
친구야 볼까
살갑도록 반긴다

통도사

홍매화 붉게 피고
대웅전 금강계단
저마다 전설 담고
사리탑 참배 도량
영축산 남쪽 기슭에
풍경 소리 울리다

목련화 필 무렵엔
낙동강 동해 끼고
부처의 사리 모신
자비의 천년 고찰
신라의 선덕여왕기
자장율사 경 읊다

가을 등대

어둠 속 갈길 잃은
양들을 포착한다
구원의 빛을 낳고
희망을 낚으면서
큰 바다 휘감고 앉아
품으면서 반긴다

맘속에 간직했던
꿈 조각 퍼즐들을
하나씩 맞춰 가듯
고독을 쏘아 올려
가을의 전어 떼 몰고
만선 부른 소나타

채송화

담 아래 작은 악동
붉은 띠 두르고서
찡그린 진분홍색
짓궂게 웃는 입술
뾰족한 햇살 가지고
가슴마저 찌를까

화가 난 붉은 악마
정신을 놓은 건지
연분홍 단풍 끌고
휘젓고 다니시나
사색을 가득 풀고서
저리 울고 있는가

광양만 김치

농부가 절인 속정
장독대 숨을 쉰다
발효가 되는 과정
정성이 익는 바다
어떠냐
맛이 들었나
내친김에 먹어 봐

짭짤한 눈물의 맛
어머니 손끝의 맛
햇살을 가득 담아
매콤한 감동 물결
이 기쁨
가득 전하듯
새콤한 뜻 품었지

톡 쏘는 갓김치가
시원한 열무김치
상큼한 파김치가
서로 더 맛있단다
쌀밥을
유혹한 밥상
김칫국만 마신다

카오스 메시지

세상이 힘들어져
회오리바람인가
어둠의 저편에서
영혼의 여울 빛이
우주의
메아리 되어
나 힘들다 세상아

별들이 숨죽인 듯
고요한 천지 공간
덧없이 절규하다
지쳐서 잠이 들면
장막을
걷어 버려라
구름 덮인 세상아

해금강

유람선 출항하자
환상의 섬을 돈다
잔잔한 물결 타고
해송을 마주하면
물보라 뒤로하고서
한가로운 까마귀

절벽 위 많은 사람
천년송 이룬 걸까
칼도라 부르는 섬
잔설이 흩어진 점
전설이 전해 오듯이
별들마저 깨운다

추억을 보듬고서
검푸른 물결 타고
노을을 벗삼아서
달려온 한려수도
싱싱한 해산물 낚아
이슬 한 병 비운다

여차항

남해의 어미 젖줄
굽이쳐 하늘 담고
해안길 걷는 순간
칼바람 에워 오면
벽화를 구경 삼아서
갈매기를 띄운다

조형물 고즈넉히
한 시대 낚는 태공
동백꽃 피어나서
붉게 탄 노을 타고
찾아간 여행길 위에
묻어나는 안락함

꽃망울 비에 젖어
물이 든 선남선녀
지쳐서 찾아나선
방파제 하얀 등대
평온함 가슴에 담고
즐겨 품듯 반기다

불닭 볶음면

발그레 꽃물인가
불타는 그녀 입술
한 입에 넣어 보고
매콤함 가득 담아
달콤한
속삭임으로
다시 찾는 추억 맛

네모판 불판 위에
복사꽃 피워 나듯
면발에 스물스물
땡초가 맺혀지면
아이쿠
강한 입맞춤
얼굴 다시 붉힌다

칠불사

쌍계사 십 리 벚꽃
한참을 돌아돌아
마주한 첩첩산중
대웅전 참선도량
지리산
반야봉 남쪽
수로왕이 경친다

지리산 남쪽 기슭
반야봉 상주 도량
가락국 김수로왕
왕자가 성불한 터
부처가
되는 지름길
풍경 소리 슬프다

겨울, 매화

밤사이 눈보라가
매섭게 몰아치듯
눈 덮인 폭설 전야
한겨울 넘나드는
설화가 소리를 낳고
사랑마저 부른다

몸서리치던 바람
매화로 자리한 곳
미소로 피어나서
세상을 비추는데
저토록 맑은 품성이
향기 사려 담는다

적량 친구들

새침한 단발머리
자전거 페달 밟고
새벽밥 먹고 나와
학교로 가는 길목
친구들
마주한 얼굴
힘든 줄도 몰랐다

적량길 고개 너머
삼화실 오르막길
가다가 힘이 들면
자전거 세워 두고
책가방
베고 누워서
하늬바람 벗한다

구제봉 가는 길은
산새들 노래하고
동무들 손잡고서
풀피리 꺾어 불고
느티골
덴골 용소는
젖은 땀을 식혔다

졸업앨범, 넘기다
—학창 시절

학생모 바로 쓰고
옷단장 점검했지
책가방 둘러맨 채
자전거 페달 밟고
학교를
오고 간 산길
절로 나는 휘파람

가방 속 도시락은
덜커덩 비포장길
저절로 비빔밥에
김칫국 책이 젖고
삼거리
나오는 골목
함박웃음 꽃폈다

휘리릭 바람 따라
신나서 페달 밟고
뒤돌아 움찔하듯
강아지 칠 뻔했지
집으로
돌아오는 길
친구 만날 설레임

48

전복

바다향 가득 따고
탐나는 윤슬 담다
해녀들 손놀림에
감도는 저녁 햇살
미끈한 작은 집에서
세상 밖을 꿈꾼다

빈속을 채울수록
온몸은 바위 붙어
해풍에 끄떡 않고
별빛도 감싼 자리
그물망 채워진 보물
미소 꽃을 품었지

아픈 속 달래 주고
약골에 힘 길러 준
보신의 일등공신
외로운 육지 소풍
껍질은 남겨 둔 채로
무지개를 새겼다

남해, 다랭이 마을

남해의 마을 내음
푸르름 엮는 손길
다랭이 논둑길에
쑥 냉이 툭툭 피듯
따스한
샛바람 따라
묻어나는 사랑초

풀내음 돋는 들판
결고운 햇살 담아
벌 나비 특별 군무
초록을 풀어내듯
알알이
영글어 가는
인심 닮은 마늘향

봄마중 물결 타고
유채꽃 피는 마을
녹차를 우려내니
샛별을 띄운 다향
파도 끝
아지랑이 꽃
은하수로 떠난다

연리지, 굽히다

사랑을 위해서는
굽힘이 필요하다
사랑을 준다는 건
배려심 익히는 것
더 낮게
낮추는 만큼
행복함을 키웠지

굽히면 편안하고
나누면 기쁜 세상
비우고 굽힌 자세
드디어 만남 이뤄
너와 나
한 몸 되면서
겸손함을 그리다

우연이 아니므로
필연인 어울림이
이처럼 아름다운
세상을 열어 가듯
두 팔을
한아름 가득
끌어안고 부비다

카오스 커피

캄캄한 텅 빈 공간
책상 위 남아 있는
둔탁한 혼돈 상태
따끈한 블랙커피
무엇을 그리고 있나
씁쓸함 속 달콤함

복잡한 인생의 맛
열감기 앓고 난 후
커피의 진한 냄새
코끝을 자극하면
몽롱한 꿈길 같았던
어둠 열어 마시다

3부

갈대밭 물들이는
나조의 아름다움
산책로 걷다 보면
물길과 닿는 지점
생태학 갈대밭 습지
희귀 조류 만나다

양귀비 꽃

발그레 물든 입술
유혹의 몸짓인가
고운데 고운 것이
저리도 슬피 울까
해지는
노을 녘 앉아
수심마저 품는다

별들이 그린 그림
언덕에 활짝 펴고
누구를 기다리나
가슴에 가득 담아
여울목
건너던 바람
돌아올 줄 모른다

아카시아 꿀

달콤한 사랑 고백
맑은 꿈 간직한 채
끝없는 노동으로
얻어 낸 액체던가
한 수저 입에 물고서
향긋함에 빠지다

투명한 고운 때깔
끈끈한 맛보면서
찾아낸 허니 버터
오월을 부른 걸까
가슴에 남긴 밀어들
향기마저 흐른다

순천만 갈대밭

드넓은 갈대밭에
동천과 이사천이
바다로 흘러드는
빽빽한 갈대숲이
해룡면 와온마을에
자리잡은 군락지

갈대밭 물들이는
낙조의 아름다움
산책로 걷다 보면
물길과 닿는 지점
생태학 갈대밭 습지
희귀 조류 만나다

물억새 쑥부쟁이
무리져 피어 있고
해 질 녘 풍경 담는
울창한 송림에서
산길 끝 용산 전망대
절로 나는 감탄사

산수유

눈 녹는 삼월이면
동녘에 샘물 솟고
노란봉 피어나와
눈부신 봄날이라
그대가 솟아오르면
별을 보듯 부시다

햇살이 진을 치며
새싹을 틔워 내고
노란꽃 망울 따라
초록빛 우주 담듯
발그레 화려한 외출
앵두 입술 탐하다

우도의 사계

파릇한 새싹 모여
따뜻한 사월 소리
청춘을 뽐내는 나
누구도 근접 못할
멋스런
파도 걸치고
추억들을 담았지

별들이 내려다본
가슴은 더 빛나다
칠월의 우거진 숲
은하수 물 건너서
푸른 소
웅장함 뽐낸
은물결을 이루다

시월이 타투 입혀
붉은 물 드리우다
전신을 형형색색
불태운 전설처럼
사랑의
속삭임으로
달아오른 둘레길

뼈대만 남은 일월
하얀 눈 쏟아지면
앙상한 가지에도
눈꽃이 피어나다
선경이
따로 있을까
매화 또한 붉히다

갯벌, 숨소리 읽다

추위도 어떡해요
어쩔 수 없는 걸요
뻘게들 숨어 살고
망둥어 생명터라
이내 몸
벌거숭이라
내줄 것은 뻘바다

갈대밭 으악새가
서글피 울어 대는
외로운 삶의 현장
속 깊은 정 나눈다
붉은 게
사납쟁이 게
제집 찾아 쉬는 곳

눈보라 몰아치는
헛헛한 갯벌 아득
칠흙에 생경한 밤
정담을 나눈 가족
새삶 터
열어 마시듯
별빛들의 숨소리

개구리 성년식
―올챙이 적 잊다

엄마야 어떻게 해
이렇게 헤엄쳐 봐
아이잉 어려워요
그래도 해야 한다
열심히
헤엄쳐 봐야
개구리가 된단다

올챙이 크는 재미
뒷다리 쏙 나오자
앞다리 쏙 나오는
시끄런 성년 의식
세상 밖
구경도 하고
개굴개굴 외친다

풀잎에 펄쩍 뛰어
부라린 왕눈이가
천지도 모르는지
두꺼비 된 것 마냥
야야야
외치는 소리
올챙이 적 잊었다

은하수, 우도 내리다

탐라에 가장 큰 섬
운명의 파도 속에
하루가 달라지듯
신새벽 아침맞이
올레길
해맞이 길에
하트 남긴 연인들

푸른 소 한 마리가
누워서 별을 보고
은물결 반짝이는
그 섬에 밤이 오면
은하수
내려앉아서
노래하며 춤추다

독도, 파도

고요한 세상 품은
수호신 독섬 너는
심장의 언어들을
분노로 표출하듯
반만년
쉼 없는 물결
큰 족적을 남긴다

동해에 뿌리내린
거룩한 무게 중심
태풍이 몰려와도
끄떡이 없는 모습
속으로
비워진 자리
고독 불러 즐긴다

은파, 억새바다

고고한 은하 따서
은물결 출렁이고
달빛을 품고 울다
파도를 남긴 억새
보드란
은백색 물결
한라산에 그리다

밤하늘 별빛 띄운
물결이 돌아눕 듯
향긋한 발길 열어
고운 손 마주 잡고
따스한
그대 속으로
고독 풀어 잠기다

동지팥죽

팥알을 골라내어
맑은 물 씻어 담아
새알을 동그랗게
빚어서 끓여 내듯
한해를
보내는 의미
새알 가득 익힌다

묵은 때 씻어내고
정결한 마음 담아
잡념을 씻어내고
맑은 샘 우려내어
조상들
풍미를 담아
가족애를 키운다

나리꽃 소견

그대를 바라보는
청초함 담은 걸까
태양을 삼킨 듯이
활짝 핀 노란 수술
별마중
나간 여울목
이슬 품고 건넌다

몸매가 하늘하늘
어여쁜 이름 앞에
불러도 대답 없는
바람만 그리다가
고운 꿈
내려앉는 곳
달빛 찾아 멈춘다

물매화

유월의 언덕배기
고운 꿈 품어 앉고
파르르 떨려오는
속눈썹 눈물 맺혀
단아한
꽃잎 속으로
초롱 등불 밝히다

한더위 이겨 내고
가을 녘 눈부신 볕
왕관을 자랑하듯
요염히 앉은 자리
수줍은
입술 너머로
하얀 미소 띄우다

잡초

내 삶은 잡초 인생
아무리 험한 세상
저 앞에 놓였어도
질기디 질긴 생명
푸르게
수놓은 초원
벌과 나비 찾는다

밟아도 일어서는
오뚝이 철학 담아
이슬 띤 새벽 타고
파르르 떨군 눈물
언제나
그 자리에서
초록 띄운 야생초

파도 소리

쏴아아 밀려온다
해초들 쓰다듬 듯
별들의 울음 키워
하얗게 부서지면
고즈넉
심해 속으로
달빛 타고 흐르다

파아란 하늘 잡고
옥색빛 휘어 감고
청룡의 몸짓처럼
회오리치는 물살
바람도
덩달아 와서
덩실덩실 춤추다

풀꽃

풀냄새 향긋하게
피어난 자락마다
하늘꽃 담아담아
청아함 피어나고
이슬을
하냥 뽑듯이
어찌 저리 고울까

밟아도 일어서는
질기고 맑은 영혼
생명력 간직하여
초록을 물들이다
애달픈
울음소리로
피어 올린 봉오리

동창회

운동회 시작된다
애국가 가슴 안고
뜨거운 함성 소리
박수꽃 영글어진
만남의
가슴 뭉클함
동심으로 되찾다

반가운 얼굴들을
마주한 순간부터
방금 전 헤어졌던
예전의 그 온기로
미소 띤
화목의 시간
따스했던 순간들

반딧불이

둘레길 무성한 숲
나무결 돌다 보면
할머니 대지팡이
어린이 고깔모자
벌나비
날아 앉은 곳
밝히면서 웃지요

시원한 냇물 따라
맑은 꿈 간직한 채
버들잎 띄우면서
미소 띤 모습으로
종이배
위에 타고서
손뼉 치며 놀아요

별빛이 심어 놓은
초록의 나무마다
꽃동산 새들 모여
정답게 노래하면
풀벌레
울음도 담아
화등 들고 갑니다

여수, 굴 이야기

햇살이 참 좋구나
썰물이 되던 그날
일광욕하기 좋아
자연집 쓸리기 전
마음껏
바람도 쐬고
우유 속살 뽐낸다

눈송이 떨어지는
한겨울 찾아와도
추위는 끄떡없이
갯바위 숨틈 앉아
껍질 속
탱탱한 빛깔
익어 가는 사투리

추위에 얼어붙어
죽은 듯싶었어도
강인한 생명력은
끄떡도 하지 않아
동안녀
피부 비결은
동심 품은 거란다

4부

엄마야 내 아가야
세상 밖 꿈꾸지마
어둠길 싫다 해서
물으로 소풍 가면
별 보고
돌아 나온 길
땅속 깊이 묻혔다

사과 미인, 부사

거울아, 세상에서
그 누가 미인이냐?
빨갛게 잘 영글은
나 같은 사과라고?
그 어떤
과일보다도
아삭아삭 맛있지

윤기가 자르르르
얼굴은 볼 거 없지
한 입만 베어 봐도
달콤한 과즙이 쫙
윤곽이
반들거리듯
어여쁘지 내 모습

날 보면 누구던지
군침을 흘리잖아
매달려 있을 때도
사람들 손탈 때도
속 깊이
내공을 품은
맛의 미인 아닐까

화석, 새조개

검푸른 파도 속에
요염히 자리하고
세상 밖 보고 싶어
뭍으로 나간 순간
천지가
뒤바뀐 변동
퇴적암이 되었나

엄마야 내 아가야
세상 밖 꿈꾸지마
어둠길 싫다 해서
뭍으로 소풍 가면
별 보고
돌아 나온 길
땅속 깊이 묻혔다

평온한 바닷속이
그립듯 애를 써도
다시는 못 올 길목
허망해 둘러봐도
눈물이
흘러 흘러서
화석 되어 우는가

남당항 새조개

새부리 입 모양에
껍질로 무장하고
바다향 가득 담아
요염히 앉았는가
바람을
삼킨 철분들
자개 껍질 새조개

회무침 샤브샤브
온 가족 모인 자리
향긋한 고소함을
오롯이 품어 안듯
남당항
올려진 보물
남녀노소 찾는다

과메기 덕장

쫀득한 식감부터
특유의 입맛 부른
탱탱한 윤기처럼
고소함 익혀 내듯
겨울철
바람을 품고
빚어내는 바다향

꽁치의 변신 현장
된바람 맞으면서
기름 띤 속살들이
아슴히 익어 가면
구룡포
청빛 은하수
물결 속에 노닌다

손톱 연정
─봉선화 꽃물

분홍빛 꽃물잔치
벌이던 유년 시절
여학생 모여들어
수다꽃 물들이면
손톱끝
붉은 물들여
고운 연정 품었지

살포시 베어 문 듯
복사꽃 물들이고
수줍은 입 가리며
순정을 키운 건가
떠나간
남친 생각에
마음마저 붉히다

담 아래 작은 요정
정겨움 익힌 무늬
선분홍 꽃물 위로
흐르는 사월 연가
가없는
하늘 끝에서
그대 올 날 그리듯

풍차의 언덕

바람을 맞으면서
신선대 올라서면
검푸른 넓은 바다
감탄이 절로 난다
수많은
별들의 노래
겨울 바다 낚는다

커다란 풍차 앞에
발자취 새겨 두고
도장포 마을에서
유람선 올라탈쯤
해금강
외도를 향해
추억 싣고 돌리다

해풍을 품에 안고
추억을 물들여서
오가는 사람 냄새
향기를 채우면서
아쉬운
발걸음 뒤로
밀려오는 큰 파도

파도 2

우리는 이별 앞에
눈물을 흘립니다
가슴을 쓸어내려
차마도 하지 못한
맘속에
하고픈 말을
애써 감춰 봅니다

힘겹고 슬프지만
시간이 필요하죠
긴 여정 술래잡기
숙제를 마치고서
여행길
쓸쓸한 길에
추억 안고 갑니다

하동 스케치

섬진강 굽이쳐서
맑은 물 담은 하늘
청송의 숲길에는
추억 속 소풍 담아
지리산
뿌리 내려온
십 리 벚꽃 열리다

섬호정 내려본 곳
느뱅이 내다보고
억새들 목례하고
생명터 열었는가
인심의
훈훈한 고장
하동포구 팔십 리

명물로 자리잡은
재첩국 일품이지
섬진강 맑은 물에
언어들 숨 쉬는 터
유유히
흐르는 강물
달빛 채워 감돈다

연화동, 놀이터 가다

쨍그랑 깡통차기
골목길 시끄럽다
친구들 삼삼오오
짝지어 술래잡기
셋이면
족한 골목길
우리들의 놀이터

오빠야 나도 할래
눈썰매 타고 싶어
추운 줄 모르고서
해 질 녘 들려오는
애들아
저녁 먹으러
집에 가자 어서 와

소꿉장 살림 차려
호박꽃 반찬 일품
노오란 속대 썰어
계란전 부쳐 놓고
서방님
밥상 차려서
신혼 재미 솔솔솔

겨울 입구

늦가을 단풍처럼
물이 든 낙조 따라
서릿발 내리듯이
바람꽃 날린 화계
겨울은 가을 손잡고
벌써부터 와 있다

바위산 한 모퉁이
구름을 떨군 산정
그대를 향한 발길
눈꽃을 날린 걸까
눈보라 꽃보라 치는
악양 길을 걷는다

아메리카노

향긋한 그리움을
키워 온 손길마다
열리는 아라비아
오늘도 너를 찾는
더없이 행복한 시간
정겨움을 볶는다

코끼리 열매 먹고
커피빈 태어났듯
차 대신 묽게 우려
진하게 마시는데
쓰디쓴 에스프레소
스타벅스 에이스

방앗간

아저씨 쌀방앗간
어디로 가야 해요
정겨운 추억 풀어
찰진 몸 가득 넣자
덜커덩 덜커덩덜덜
돌아가는 사연들

백미로 찧어내고
현미로 찧어내고
옛사랑 함께 돌아
솔솔솔 불린 풍요
황금빛 들녘에 흘린
아버지 땀 거둔다

꼬들한 부드러움
탄성이 절로 나고
새하얀 햅쌀밥을
한 고봉 담아내서
김치만 내어놓아도
밥 한 그릇 후다닥

굴비

바다 뜬 첩첩산중
금빛을 휘감는다
별빛도 잠든 밤에
먼 바다 조기잡이
그물망 가득 채워서
하늘마저 올린 닻

고귀한 금테 둘러
자태를 뽐내더니
이제는 염장으로
빚어낸 맛의 화신
소금 친 해풍을 품자
금값으로 치솟다

밥도둑 보리굴비
통째로 씹는 별미
설날의 젯상에는
오색빛 갈아입고
겨울철 법성포 굴비
쫄깃쫄깃 익힌다

쌍계사 단풍

쌍계사 오색 물결
곱게도 익어 가면
달 함께 부른 시월
계곡의 사랑 가락
단풍숲 마주한 순간
시리도록 뜨겁다

산자락 줄기마다
정 실은 황금바다
사방을 둘러봐도
향기가 가득하고
뜨거운 속정을 담아
붉게붉게 울었다

바람에 흔들려서
사방에 흩어지면
바스락 달려오는
발아래 타투 문신
첫새벽 윤슬 타듯이
고독 날린 산사길

능소화

하룻밤 나눈 사랑
평생을 그린 걸까
외로움 갈피 접어
담 기대 서성이고
달빛을 그리워하다
옷깃마저 세운다

풀벌레 왕따시켜
별빛도 나 몰라라
밤마다 가슴 풀어
지순한 정 키울까
여울목 건넌 발걸음
바람 되어 또 운다

궁중의 꽃 되어서
시샘의 향기 낳고
가엾은 사연 띄워
고운 맘 풀고 앉아
한여름 따가운 볕에
고독 하나 녹인다

광양 매실

찬바람 부는 동녘
빙설이 녹은 자리
샘물이 솟구치듯
망울진 꽃망울이
큰 꿈을 가슴에 품고
맑은 품성 빚는가

따뜻한 샛바람에
미소를 피워 내고
또르르 떨어지는
꽃잎 속 맺힌 우주
토실한 열매가 송송
봄을 안고 커 간다

알알이 영글어진
초록빛 하늘 따서
청정액 담궈 내고
장아찌 안주 삼아
한여름 매실주 한 잔
피곤함도 잊었다

인연

미리내 올라타서
전생을 읊조리고
가슴속 담은 밀어
귓속말 속삭이다
화들짝 달군 춘향가
만리장성 쌓는다

잘 자라 내 사랑아
남원성 함께 가자
백마 끈 마차 타고
사연을 주고받듯
두 손을 마주잡고서
웃음소리 꽃핀다

애칭을 부르다가
내생을 말하다가
날마다 꿈속으로
함께 가 별을 보네
야생화 머리에 꽂자
웨딩마치 봄바람

단술에 빠지다
— 붉은독 여왕개미

아침에 눈을 뜨면
황홀경 부린 감각
일개미 앞세우며
제국을 깨운 여왕
단꿈에 젖은 황궁터
단술 찾아 헤맨다

가을비 시원함이
저장된 단술창고
마셔도 또 그립듯
사랑을 꺼낸 손길
달콤한 허니문 침실
초승달을 품는다

날마다 단술 찾듯
목마름 채운 본능
유년기 맛본 모정
갈증을 푸는 열쇠
향수를 남긴 페르몬
하릴없이 마신다

산국

한여름 따가운 볕
고독을 펴고 앉아
벌나비 부른 향기
내렸다 가는 쉼터
산과 들 가는 곳마다
흐드러져 피었네

노랗고 자그마한
귀여운 모습으로
황홀경 부린 감각
잠자리 찾아들고
아쉬운 작별의 정을
하늘하늘 품었네

5부

바람을 감싸안고
물결을 가르면서
은하수 건넌 꿈들
살아서 가는 횡단
뻘밭도 가는 유영법
세상 띄운 물보라

백운산 휴양림

백계산 제비추리
시원한 산바람이
한여름 무더위 속
녹음을 짙게 깔고
바람도 쉬어 가는 숲
별빛으로 머물다

섬진강 하늬바람
광양만 바닷바람
삼나무 변백나무
자연을 품고 앉아
구름도 머무는 자리
달빛으로 물들다

향일암

울창한 동백길을
심취해 걷다 보면
금오산 기암절벽
위치한 기도 도량
바다 위 관세음보살
현생하듯 빛난다

유람선 돌산대교
풍미를 더하고서
햇살을 품에 안고
자비를 베푼 걸까
불자의 관음 기도처
마음 수양 안식처

이순신 대교

남해의 젖줄 찾아
묘도를 향한 기세
충무공 기린 자리
여수의 연리지라
불멸의 승리를 남긴
한국인의 자존심

검푸른 바다 위에
세워진 조각인가
물류의 소통 가교
충무공 이름 새긴
광양만 여수를 잇는
또 하나의 사적지

오동도

동백꽃 붉은 자락
방파제 산책 코스
다정한 연인들의
추억을 남기는 곳
해돋이 발길 부르는
별들의 섬 빛난다

크루즈 길라잡이
인연의 키를 몰고
막바지 단풍 인파
배 가득 싣고 가듯
방파제 앵글에 잡힌
석양마저 물든다

간도협약은 무효다
—간도를 돌려다오

핵탄두 방어 목적
성주의 사드 배치
미국에 항의 못해
약소국 경제 보복
중국의 졸렬한 방법
적반하장 아닐까

일본이 선심 쓴 땅
주인이 따로 있다
일본이 패망해서
무효된 간도협약
포츠담 선언 근거로
돌려다오, 간도를

토문강 넘나들며
선구자 흘린 눈물
끝없이 외친 절규
이제는 말할 시기
간도는 대한제국 땅
중국 당국 아는가

여수 밤바다

어둠이 짙게 깔린
여수의 밤이 오면
정다운 눈길 담은
밤바다 낭만 카페
은하수 별빛 타듯이
몰려오는 큰 파도

해변을 오고 가며
남기는 하트 자국
정겨움 주고받는
모랫벌 사연 품고
눈 오는 바닷속으로
걸어가는 연인들

환승, 오송역

부모님 몸을 빌어
세상에 나오던 날
금줄에 숯을 끼워
삼신께 고한 신고
열 달을 꼬박 채워서
오송역에 내렸네

유년기 어미 젖줄
삶의 끈 자락으로
포근한 품속으로
성장기 키워 가고
새 삶을 만나는 역사
부푼 꿈을 키웠네

굽이진 철로 위로
사계절 풍파 달려
삶이란 물음으로
다다른 환승역에
고행의 갈림길 어디
덩그라니 서 있네

악양 대봉감

지리산 자락으로
잘 빚은 공기 한 줌
오색이 부푼 무늬
단풍을 펼친 걸까
옛 조정 진상품이던
천하 으뜸 대봉감

연시로 간직하고
말랭이 씹어 먹고
속살을 자랑하듯
악양골 곶감 덕장
지리산 청정수 먹고
어찌 저리 고울까

평사리 최 참판댁
누구나 찾아들 듯
가을 녘 열린 하늘
가슴도 여는 때깔
선분홍 황금 들판
주렁주렁 매달다

동심초

하늘빛 바다 건너
무엇이 살고 있나
옛날에 불러주던
어머니 그 자장가
그리워 풀피리 불다
눈시울이 뜨겁다

꽃동산 놀이동산
줄넘기 기차놀이
유년의 그리움을
더듬어 더듬어서
친구들 손 마주잡고
뛰어놀다 잠들다

구절초

영혼의 아홉 굽이
초원에 자리하고
산새들 노래 삼아
풀벌레 찾는 걸까
다 늦은 가을 들녘에
고귀하게 피었다

가을꽃 부른 들판
하늘을 올려보고
티없이 맑은 심성
소녀의 기도던가
막바지 저녁 햇살을
어루만져 붉힌다

섬진강

갈대밭 서걱서걱
허리를 감는 달빛
하늘을 건듯 담고
먼 산을 비워 내며
재첩국 끓인 대폿집
모락모락 오른다

쉬이쉬이 흐른 세월
아쉬움 꺾는 여울
청송의 숲 건져서
가을을 물들이고
차디찬 강바람 풀어
붉은 강을 건넌다

고독을 풀다

방파제 끝나는 곳
전등불 켜는 슈퍼
먼바다 들려오는
광양만 파도 소리
어부의 기질 깨우듯
대병 소주 비운다

멈추지 않는 파도
내 안에 머문 그대
가슴에 남는 바람
쓸쓸함 불러오고
그리움 마구 흔들어
고독 풀어 놓는다

동백꽃

태양을 삼킨 걸까
붉게 탄 가슴자락
노을로 지핀 봄볕
속눈썹 날린 봄날
동백섬 띄운 천리향
윤슬 타고 건넌다

차디찬 바닷바람
모질게 받아내듯
인고로 익힌 설움
핏빛을 새긴 문신
기다림 길목 서러워
노란 수술 피운다

목계 나루

갈대밭 남은 자리
날아든 청둥오리
청동빛 언어들이
바람을 휘어잡고
줄당긴 함성 소리가
별신제를 부른다

서편에 쉬는 철새
어이해 슬피울까
동편에 걸린 노을
사랑을 붉힌 걸까
암줄에 숫줄을 끼워
띄워 보낸 목계강

수몰민
—충주댐 엘레지

그날의 가슴 아픈
첫사랑 묻어 둔 채
먼 산만 바라보며
가슴속 달랜 물살
죽음을 빚은 별들이
떼를 지듯 몰린다

나뭇잎 타고 가는
스산한 바람 따라
반백의 가슴앓이
이제는 멈춰 볼까
물 위에 번진 단풍들
저리 붉게 우는가

독도는 살아 있다

속 내민 물결 따라
숨겨진 별빛 한 권
심장을 빼앗긴 채
삼십육 년 맺힌 분노
이제는 비워 내듯이
사시사철 우는가

동해를 탐한 것도
바다를 탐한 것도
모두가 아닌데도
스스로 지킨 영토
파도를 휘감고 앉아
고독 불러 또 운다

낙지, 가을을 낚다

파도가 잦아지면
바다를 유혹한 빛
어둠을 넘나드는
섬들이 몰려온다
머리에 달빛 두른 채
이마마저 빛난다

바람을 감싸안고
물결을 가르면서
은하수 건넌 꿈들
살아서 가는 횡단
뻘밭도 가는 유영법
세상 띄운 물보라

차오른 별빛 길어
심해도 밝힐 텐데
물살을 가로질러
햇살을 칭칭 감고
마지막 가을을 엮어
방파제에 남긴다

코스모스

꿈꾸는 바다 안에
내 마음 보내 본다
따스한 품속처럼
포근한 소용돌이
폭풍에 내 몸 맡기듯
그리움을 지핀다

영혼의 꽃봉오리
울리는 고동 소리
나지막 들려오는
파도의 미소인가
밤하늘 영롱한 눈빛
그대 위한 소우주

푸르른 별 그물망
헤집고 나가서는
청아한 목소리로
불러낸 벌과 나비
만추의 가면무도회
풀벌레의 대합창

낙엽, 가을 내려놓다

나이가 들을수록
쌓이는 소중한 것
사색을 나르듯이
하나씩 늘어 가면
소중한
만남의 단상
매일 밟는 설레임

어디서 온 것인가
선문답 일백여 일
어디로 갈 것인가
끝없는 백팔번뇌
제 몸을 떼낸 가벼움
뼈만 남긴 스토리

정겨움 갈피 접어
꿈 하나 가슴 꽂고
가을을 내려놓듯
일상을 비운 걸까
오늘은
허위의 겉옷
벗어 놓고 가더라

토지 마을, 악양

우수에 젖은 나무
별빛이 내려오면
발그레 단풍으로
가슴속 시골 마을
노을이 앉은 서녘엔
윤슬 타는 은하수

가다가 길 잃으면
북극성 만난 자리
쌍계사 가기 전에
화계를 꿈꾸면서
달빛이 십 리 벚꽃길
환히 밝혀 품는다

최 참판 허연 기침
카랑히 살아나고
갈수록 첩첩산중
두렵지 않은 이유
철지난 허수아비가
춤을 추며 반긴다

시인은 영혼의 꽃을 피워 향기를 남기고, 그 향기로 세상을 구한다
─광양만 홍보대사 왕나경 시인의 시집 『광양만 김치』의 시세계

정유지
(문학평론가 · 한국시조문학협회 이사장)

1. 논리와 문법의 몰락, 수사(修辭)의 시대 이끌 천재 여류시인의 탄생

왕나경 시인은 경남 하동 출생이다. 유년기 학창 시절 그곳에서 보낸 후, 제2의 고향 광양에서 터전을 잡고 한때 신문기자 활동을 하면서 사회의 공기 역할을 충실히 수행했던 저널리스트 출신이기도 하다. 그런 영향 탓으로 시적 대상에 대한 문제의식이 탁월하다. 현재는 제2의 고향 광양에서 수십 년째 거주하고 있다. 특히 2017년은 왕나경 시인의 한 해였다. 빛나는 역사와 전통을 자랑하는 충주 중원전국백일장 시조 부문에서 최우수상을 수상한 파죽지세(破竹之勢)의 그 여세를 몰아, 2017년 시조전문지 제12호 『한국시조문학』 신인상뿐 아니라, 종합문예지 계간 『연인』 겨울호 시조 부문 신인문학상에 당선되는 등 천재 여류시인의 탄생을 예고하였다. 같은 해 제2회 독도문학상 작가상을 수상해 '독도 수호 지킴이'라는 훈장까지 얻게 되는 등 시인으로서 값진 열매의 결실을 맛보았다.

그녀의 시적 특징은 삶과 죽음의 경계를 넘나들며 주옥같은 작품을 생산해 내는 절정의 기량을 과시할 만큼 무르익은 언어의 경지에 도달해 있다는 점이다. 한국독도문인협회, 한국시조문학협회 등의 회원으로 왕성한 활동을 전개해 온 왕나경 시인은 문학단체 '심장의 언어, 세상 바꾸다'의 SNS 동인 활동도 병행하여 폭넓은 예술적 보폭을 구가하고 있다. 그러한 활동의 결과로 독도 수호 제 2공동시집 『독도 플래시 몹』을 세상에 내놓았다. 또한 시집 『광양만 김치』를 통해 전남 광양을 알리는 홍보대사로서 손색이 없는 '광양만 시인'이란 닉네임까지 세상에 남겨 놓았다. 특히 2017년 시조전문지 『한국시조문학』 신인상 당선소감에서 "시조는 나의 심장입니다. 그 심장을 밝히는 밤하늘의 별 같은 존재가 되겠습니다."처럼 당찬 각오를 접할 수 있었다. 신인상 심사평에서 "한국의 전통적 정서 표출, 아름다운 미학의 한옥 집 한 채"라고 김토배 시인을 비롯한 다수의 심사위원들이 극찬을 아끼지 않았다.

　왕나경 시인의 시적 세계는 크게 두 가지 경향을 보이고 있다.
　첫째, 역사적 자각과 작가정신으로 빚어내는 선명하고 선 굵은 시적 안목을 구비하고 있다. 바다의 섬뿐만 아닌, 바다 전체를 고루 바라보는 시각의 틀로 시안(詩眼)을 견지한 채, 언어의 다도해가 즐비한 아름다운 서정(抒情)의 바다 한 폭을 그려 내고 있다. 아울러 왕나경 시인의 정신세계는 해맑고 단아하다. 역사적 성찰에서 발화된 시심을 바탕으로 식민사관의 한계상황을 무너뜨리며 넘나드는 육화(肉化)된 시어와 정제된 언어들이 새로운 역사 인식의 깊이로 뿌리내리며, 지성인이 쏟아내는 강렬한 시적 울림으로 단절된 역사에 대한 정체성 회복을 호소하고 있다.
　둘째, 여성 특유의 섬세하고 예리한 상상력을 활짝 선보이면서, 왕나경 시인이 스스로 만들어 낸 이미지의 염전에 담아내고 있는 가운데, 밤바다를 밝히는 별빛마저도 끌어들이는 메시아적 세계 또한 탄생시키고 있다. 더욱이 매실의 고장 전남 광양의 캐릭터(Character)를 환기시키는 고화질의 바탕화면을 가지고 있다. 어둔 밤바다를 지배하는 등대 불빛을 기다리는 난파선의 간절함과 고독이 물씬 배어나온다. 바람과 파도, 별이 만나면 영혼의 물보라가 생성된다. 영혼의 물보라는 시인의 영감이다. 고요한 물결 속에 잠든 영혼을 영감의 카타르시스(Catharsis)로 깨우고 있다. 왕나경 시인은 상상력의 바다에서 일궈 낸 예감을 유통시켜 아날로그적인 아름다움의 궤적을 남기고, 그 예감의 궤적으로 길 잃은 양을 인도하는 치유의 시적 역량을 갖고 있다.

"따뜻한 시조는 차가운 세상을 고른다. 그 따뜻함의 출발점은 수사적 자기 인식의 언어에서 비롯된다."

고대 그리스 사람들은 말을 유창하게 잘 하도록 해 달라고, 칼리오페(Calliope, 음악과 서사시, 웅변의 여신)에게 제를 올렸다. 동서양을 막론하고 유일하게 말을 유창하게 잘 하게 해 달라고 비는 경우는 고대 그리스 시대가 전무후무하다. 고대 그리스 시대를 관통했던 3대 학문은 '논리학', '문법', '수사학'이었다. 말의 3대 캐릭터를 지칭한 것이다. 말 속에는 첫째, 날카로운 칼날과 같이 정교한 논리를 통해 상대방을 설득시키거나 심지어 공격하는 촌철살인(寸鐵殺人)의 칼이 숨겨져 있다. 둘째, 상대의 어떠한 공격적 어법에도 흔들리지 않는 방패처럼 방어적 성격이 짙은 생각의 설계도가 숨겨져 있다. 즉, 언어의 구성 및 운용상의 규칙으로 일상 언어의 이탈을 막는 데 있다. 셋째, 맑고 그윽한 향기를 품고 있는 꽃과 같은 모습이 숨겨져 있다. 심지어는 상대방의 마음을 움직이게 만드는 아름다운 소통의 꿀단지가 숨겨져 있다. 지금은 논리의 시대보다, 문법의 시대보다, 수사학의 시대가 더 어울리는 추세로 변화하고 있다.

　시인은 자신의 전매특허와 같은 특화된 캐릭터를 구가하고 있다. 바로 '시집살이'를 진솔하게 진술하고 있다. 힘겹고 고단한 전통적 시집살이의 단면도를 술술 풀어내고 있다. 「못질 2」에서 이를 확인할 수 있다.

　　　　내 나이 스물두 살
　　　　철없는 어린 여자
　　　　무엇을 알 거라고
　　　　새벽밥 짓게 했소
　　　　가슴속 대못 박듯이
　　　　다그치는 핀잔들

　　　　…(중략)…

　　　　하고픈 꿈 버리고
　　　　내 인생 버리면서
　　　　동장군 닥쳐와도
　　　　서릿발 내려쳐도
　　　　새벽밥 지으라면서
　　　　네 시 되면 깨웠소

　　　　눈 감고 더듬더듬
　　　　칠흑 속 새벽 부엌
　　　　가마솥 불 지펴서
　　　　더운 물 끓여 내고
　　　　열 식구 밥상 차리고
　　　　가슴 아파 울었소

　　　　　　　　　　　　　　　　　－「못질 2」 일부

왕나경 시인은 '시집살이'라는 부제를 통해, 22살 때 시집을 온 이후 고부(姑婦)간에 겪어야 했던 갈등, 일명 시집살이를 한순간에 토로하고 있다. 시어머니가 내뱉는 말 한마디가 가슴속의 대못으로 박혀, 감정의 골이 더 깊어 갔음을 일갈하고 있는 것이다. 어디 왕 시인뿐이랴. 고부간의 갈등이 깊어 결국 부부간의 이별까지 가게 되는 경우 또한 존재하는 것이 세상 아닌가. 시집살이는 여자가 시집가서 시집 식구들과 함께 살면서 심신 양면으로 겪는 고된 생활이다. 시집살이란 무엇인가? 오늘날 여권이 신장되고 점차 핵가족의 추세로 나아가고 있는 현대인들에게는 실감조차 나지 않는 퇴색한 말이지만, 이 시집살이 때문에 동시대 할머니, 어머니들은 많이 울고 한숨짓고 쫓겨나며 심할 때는 스스로 목숨까지 끊기도 하였다. 열 명의 시댁 식구 밥을 시어머니가 며느리에게 새벽 4시부터 짓게 했다는 사연은 아픈 우리 시대의 자화상이라 할 수 있다. 시인은 시댁에 대한 남다른 애정과 세심한 관심이 있었음에도 그를 과감히 여과시킨 후 시집살이에 대한 독백을 이제야 발설할 뿐 아니라, 「광양만 김치」를 통해 제2의 고향 광양만을 익혀내고 있다.

농부가 절인 속정
장독대 숨을 쉰다
발효가 되는 과정
정성이 익는 바다
어떠냐
맛이 들었나
내친김에 먹어 봐

짭짤한 눈물의 맛

120

어머니 손끝의 맛
햇살을 가득 담아
매콤한 감동 물결
이 기쁨
가득 전하듯
새콤한 뜻 품었지

톡 쏘는 갓김치가
시원한 열무김치
상큼한 파김치가
서로 더 맛있단다
쌀밥을
유혹한 밥상
김칫국만 마신다

-「광양만 김치」전문

시인은 김치 숙성 과정을 농부의 절인 속정으로 표출시키면서, 발효되는 그 과정을 '정성이 익는다'라고 역설하고 있다. 짭짤한 눈물의 맛을 어머니의 손맛으로 확장시켜 감동의 물결마저 자아내고 있다. 일반적으로 김치는 무, 배추, 오이 등과 같은 채소를 소금에 절이고 고추, 파, 마늘, 생강 등 여러 가지 양념을 버무려 담근 채소의 염장 발효식품이다. 한겨울에도 싱싱한 채소를 먹을 수 있도록 독특한 보존과 저장 방식을 사용한 김치는 우리 조상들의 지혜가 가득 담겨 있는 음식이다. 김치의 주재료인 배추는 서늘한 기후를 좋아하는 저온성 채소이다. 중국이 원산지이며 한반도에서 언제부터 재배되었는지 정확히 알 수 없으나, 고려 시대 의서『향약구급방』에 배추가 처음 등장하는 것으로 보아 고려 이전부터 재배된 것으로 추정된다. 무, 고추, 마늘 등과 함께 4대 주요 채소로 인식되고 있다. 한편 배추는 비타민 C, 무기질(칼슘, 인, 칼륨 등), 섬유소가 풍부해 영양가치가 높다. 광양만 김치는 기다림으로 만든 미학의 결정체이다. 여기서 시인이 이야기하고 있는 광양만 김치는 돌산 갓김치를 말한다. 이 돌산 갓김치는 톡 쏘는 매운맛이 적고 섬유질이 적으며 잎과 줄기에 잔털이 없는 것이 특징이다. 그러나 일반 갓은 적갈색이나 돌산 갓은 연녹색이며 독특한 향이 있다. 시인은 은연 중에, 돌산 갓김치를 홍보하고 있는 셈이다. 시인은 대자연 속에 몰입하면서 「물매화」의 속내도 읽어 낸다.

> 유월의 언덕배기
> 고운 꿈 품어 앉고
> 파르르 떨려오는
> 속눈썹 눈물 맺혀
> 단아한
> 꽃잎 속으로
> 초롱 등불 밝히다
>
> 한더위 이겨 내고
> 가을 녘 눈부신 볕
> 왕관을 자랑하듯
> 요염히 앉은 자리
> 수줍은
> 입술 너머로
> 하얀 미소 띄우다

-「물매화」 전문

물매화는 유월의 언덕을 품고 앉아 있으면서, 속눈썹 눈물 맺혀 단아한 꽃잎 속으로 초롱 등불 밝히고 있는 대상이다. 시인은 물매화가 한여름을 이겨 내고 가을 녘에 요염한 자태로 수줍게 하얀 미소를 띄우고 있음을 밝히고 있다. 한마디로 단아한 서정시조의 백미가 아닐 수 없다. 물매화는 꽃의 모양이 마치 비행접시처럼 생겼다. 북반구에 걸쳐 널리 자라고 있다. 물매화의 꽃말은 고결, 결백, 정조, 충실 등이다. 덤불을 이루어 자라며, 꽃은 노란색, 흰색, 녹색 도는 흰색을 띤다. 꽃가루받이를 할 수 있는 5개의 수술, 꿀샘만 있는 헛수술 5개가 교대로 나 있다. 헛수술 끝에는 동그란 물방울 모양의 가짜 꿀샘을 가지고 있다. 영롱한 이슬방울 모양의 가짜 꿀샘은 황록색, 흰색을 띠기도 한다. 실낱같이 자잘한 수술은 끝에 물방울을 달고 있는데 이는 곤충을 유인하기 위한 가짜 수술이며 전체적 모습은 마치 왕관 같다는 느낌이 든다. 특이한 구조의 물매화는 줄기에는 심장 모양의 잎 하나를 달고 있다. 한국엔 물매화와 애기물매화 2종이 고산지대의 양지쪽 습지에서 자라고 있다. 꽃은 7~8월에 피며, 키는 10~40㎝ 정도이다. 비행접시 타고 왕관을 쓴 여왕이 내려와서, 황록색 짙은 영혼의 나래 펴고 있는 영롱한 물매화의 속삭임을 가만가만 들을 수 있다. 시인은 새조개 화석을 물끄러미 바라본다.

엄마야 내 아가야
세상 밖 꿈꾸지마
어둠길 싫다 해서
뭍으로 소풍 가면
별 보고
돌아 나온 길
땅속 깊이 묻혔다

–「화석, 새조개」 일부

봄의 전령사이면서 조개 중에 가장 달달하다는 새조개는 자주 맛보기 힘든 별미이기도 하다. 그런 새조개 화석은 바다의 생생한 하나의 시그널(Signal)이라 할 수 있다. 삶은 고달프거나 험난한 여정이 아니라 희망과 행복을 담아내는 푸른 바다와 같은 연장선인 것이다. 또한 삶의 현장이 곧 그대로 담겨져 있는 화석과 같다. 실상은 화석보다는 그 화석 속에 깃든 고난의 코드 자체를 즐기는 순례자의 심정이 아닐까. 시인은 엄마와 아가에게 세상 밖을 꿈꾸지 말라고 당부한다. 더욱이 마음의 푸른 바닷속에 세상을 담아내며 '뭍으로 소풍 가면/별 보고/돌아 나온 길/땅속 깊이 묻혔다'와 같이, 가족사의 아픔을 담아내면서 슬픈 화석의 연대기로 압축시키고 있다. 그런 상황 속에서, 시인은 포항 구룡포 「과메기 덕장」으로 향한다.

쫀득한 식감부터
특유의 입맛 부른
탱탱한 윤기처럼
고소함 익혀 내듯
겨울철
바람을 품고
빚어내는 바다향

꽁치의 변신 현장
된바람 맞으면서
기름 띤 속살들이
아슴히 익어 가면
구룡포
청빛 은하수

물결 속에 노닌다

—「과메기 덕장」 전문

　한국의 맛, 바다와 바람이 빚은 풍요, 과메기 덕장의 모습이 그대로 전달되어 있다. 햇볕과 해풍에 잘 말린 과메기는 씹을수록 쫀득하고 고소한 맛이 난다. '겨울철 바람을 품고 빚어내는 바다향', '탱탱한 윤기', '기름 띤 속살', '구룡포 청빛 은하수' 등의 선명한 이미지를 건져 올리면서 꽁치의 화려한 변신을 대변하고 있다. 해초, 파, 마늘, 쌈과 함께 싸 먹거나 묵은지를 곁들이기도 한다. 과메기 고장은 포항 구룡포가 으뜸이다. 대부분은 꽁치가 재료지만 원래는 청어가 원조이다. 음력 11월 산란 앞둔 청어를 잡아, 몸에 영양분 가득 품은 생선을 청량한 바닷바람에 말렸으니 어찌 그 맛 또한 없겠는가? 오전 9~10시, 그때 볕과 바람이 제일 좋다. 적당히 건조하고 맑은 바람이 불어온다. 길쭉한 나무대에 꽁치 스무 마리씩 가지런히 널면, 과메기를 건조하는데 2일이 걸린다. 건조 시작할 때 물방울이, 이튿날 기름방울이 떨어져 맛이 깊어진다. 과메기를 안주 삼아 먹으면 취하지 않는다고 한다. 꽁치에 함유된 고도 불포화 지방산 DHA와 오메가3의 지방산 때문이다. 포항구룡포과메기문화관을 보는 듯, 드넓게 펼쳐진 절경의 바다 풍경을 연출하고 있다. 바다 내음 가득한 과메기를 그려 보게 된다. 한편 시인으로서 초록빛 꿈을 갖게 만든 「광양 매실」에 주목한다.

　　찬바람 부는 동녘
　　빙설이 녹은 자리
　　샘물이 솟구치듯
　　망울진 꽃망울이
　　큰 꿈을 가슴에 품고

맑은 품성 빚는가

따뜻한 샛바람에
미소를 피워 내고
또르르 떨어지는
꽃잎 속 맺힌 우주
토실한 열매가 송송
봄을 안고 커 간다

알알이 영글어진
초록빛 하늘 따서
청정액 담궈 내고
장아찌 안주 삼아
한여름 매실주 한 잔
피곤함도 잊었다

-「광양 매실」 전문

　시인은 큰 뜻을 가슴에 품은 맑은 품성을 찾아내는 달인이다.
'숨겨진 미소', '꽃잎 속 맺힌 우주'를 발견한 가운데, 토실한 열
매가 봄을 안고 커 가고 있음을 노래하고 있다. 초록빛 하늘을
따서 청정액을 만들고, 한여름 매실주 곡차 한 잔을 비워 내고 있
는 것이다. '광양 매실' 비밀 CF를 보는 듯하다. 국내 최대 매실
주산지 광양 매실은 최고 품질을 인정받을 만큼 잘 알려져 있다.
'빛·물·땅' 3가지 천혜의 자연조건, 40년 넘게 이어 온 광양만 재
배 비법이 절묘하게 조화를 이룬 결과다. 광양(光陽)은 매우 풍부한
일조량을 자랑한다. 섬진강 하구에 형성된 기름진 토양, 백운산 4
대 계곡, 섬진강의 풍성한 물이 고품격 매실을 키워 낸다. 1930년
대부터 시작된 매실 상품화가 시작되어, 1970~80년대 매실이 관

상용, 약재로만 취급되는 것이 아닌 소득 작물로 급부상하였다. 2016년 광양 매실 재배 면적이 1736ha로 전국의 27%를 차지했고 생산량도 9314톤의 전국 23% 점유율을 기록했다. 재매 면적, 점유율이 국내 1위이다. 영양분이 꽉 차고 익어도 푸른 빛이 도는 청매실은 6월 초부터 보름 가량 수확한다. 매실은 익어도 푸르거나 덜 여문 것을 청매, 누렇게 다 익으면 황매, 붉은 것은 홍매라 불린다. 청매는 더위에 약해 6.15 전후에 낙과하기 시작한다. 매실의 새콤달콤한 느낌처럼 깊고 진한 사랑의 메시지를 풀어내고 있다.

세기의 팜므파탈(Femme fatale) 루 살로메(Lou Andreas-Salomé)는 "여자는 사랑 때문에 죽지는 않는다. 그러나 사랑의 결핍에 의해 서서히 죽어 간다."는 명언을 남겼다. 여기서 '사랑의 결핍'을 '수사의 결핍' 의미의 현대적으로 재해석하면 어떨까. 수사는 따뜻한 마음의 표출이다. 날카롭게 찔러 대는 칼과 같은 논리, 언어의 난립을 일정한 과학적 틀로 지켜 내는 방패 역할의 문법은 한국의 인문사회학을 움직이는 하나의 흐름이었다. 칼과 방패는 전쟁이 끝나면, 무용지물과 같은 것이다. 칼과 방패 때문에 망연자실한 민초들의 가슴을 어루만져 줄 따뜻한 수사가 필요하다.

2. 지성인의 분노, 세상에 전하면서 가장 한국적 정서를 풀어놓다.
왕나경 시인은 마치 대숲에 피어 있는 눈꽃과 같다. 대밭에 피어 있는 눈꽃은 서글픔의 극치이다. 겨울바람과 몸을 섞으면서 소란은 고독 가득한 고요를 세상에 선보인다. 반면에 고독함은 고요의 끝을 붙잡다가 결국 된바람과 타협하여 칼바람으로 변한 소란의 변을 세상에 내놓게 된다. 그 중심에는 음과 양을 쉴 새 없이 굴려 대는 바람의 힘을 실감하게 된다. 또한 대밭을 생각하면, 선비의 추

127

상같은 절개와 지조가 금방 떠오른다. 왕나경 시인은 추상같은 목소리로 대한제국을 강제 점령한 일제, 일제로부터 할양받은 간도를 점유하고 있는 중국을 향해 질타의 메시지를 보내고 있다.

왕나경 시인은 벌과 나비를 가리지 않고 아름다운 꽃을 피워 올리는 나무다. 그 꽃은 향기를 퍼뜨리며, 벌과 나비가 언제든지 마음껏 태양을 등지고 날아오게 만든다. 꽃은 향기를 통해 벌과 나비를 불러들이는 것이다. 벌과 나비도 그 향기에 취한다. 모든 나무는 꽃을 피운다. 그 순간 향기를 토해 세상을 따뜻하게 품는다. 그 향기는 벌과 나비의 발길을 머물게 만든다. 시인이 나비라면, 향기가 있는 꽃은 따뜻함이 출렁이는 시적 대상일 것이다. 시인은 사물이 하고 싶은 말을 대신 전해 주는 존재다.

시인은 역사적 자각을 바탕으로 정체성 회복뿐 아니라 존재적 자각마저 구가하고 있다. 잃어버린 영토, 간도에 대한 정체성 회복을 주장하고 있다. 역사적으로 간도협약^(間島協約)*은 일본제국이 1905년 제2차 한일협약으로 대한제국의 외교권을 불법적으로 강탈한 상황에서 1909년 9월 4일 일본이 청나라와 체결한 조약이다. 북간도는 일본이 팔고 대한제국이 잃어버린 뼈아픈 고토^(古土)이

---

* 간도협약의 요지는 다음과 같다. 첫째, 두만강을 양국의 국경으로 하고, 상류는 정계비를 지점으로 하여 석을수(石乙水)로 국경을 삼는다. 둘째, 용정촌·국자가(局子街)·두도구(頭道溝)·면초구(面草溝) 등 네 곳에 영사관이나 영사관 분관을 설치한다. 셋째, 청나라는 간도 지방에 한민족의 거주를 승준(承准)한다. 넷째, 간도 지방에 거주하는 한민족은 청나라의 법권(法權) 관할 하에 두며, 납세와 행정상 처분도 청국인과 같이 취급한다. 다섯째, 간도 거주 한국인의 재산은 청국인과 같이 보호되며, 선정된 장소를 통해 두만강을 출입할 수 있다. 여섯째, 일본은 길회선(吉會線, 延吉에서 會寧間 철도)의 부설권을 가진다. 일곱째, 가급적 속히 통감부 간도 파출소와 관계 관원을 철수하고 영사관을 설치한다.
앞서 대한제국의 외교권을 강탈한 일본은 간도에 통감부를 설치하여 간도 지역이 대한제국의 영토임을 인정하였었다. 그러나 간도협약을 통해 일본은 불과 2년 사이에 자국의 전략적 이해에 따라 간도의 영유권 인식을 대한제국에서 청국으로 뒤바꾼 저의이자, 대한제국의 의사와 무관하게 간도 지역을 청국에 넘겨 버린 것이다.

다. 1909년의 간도협약은 당사국인 대한제국 정부가 참여하지 않은 가운데 취해진 대한제국 영토의 할양인 셈이다. 간도협약에 의해 일제는 안봉철도(安奉鐵道)의 개설 문제, 무순(撫順)·연대(煙臺)의 탄광 문제, 영구지선(營口支線)의 철수 문제, 관외철도(關外鐵道)의 법고문(法庫門) 연장 문제 등 만주에서의 몇 가지를 교환하는 조건으로 청에게 간도를 할양하였던 것이다. 시인은 간도에 대한 영토 반환을 부르짖고 있다.

핵탄두 방어 목적
성주의 사드 배치
미국에 항의 못해
약소국 경제 보복
중국의 졸렬한 방법
적반하장 아닐까

일본이 선심 쓴 땅
주인이 따로 있다
일본이 패망해서
무효된 간도협약
포츠담 선언 근거로
돌려다오, 간도를

토문강 넘나들며
선구자 흘린 눈물
끝없이 외친 절규
이제는 말할 시기
간도는 대한제국 땅
중국 당국 아는가

－「간도협약은 무효다」 전문

시인은 간도협약이 대한제국의 위기 상황을 이용한 일본과 청국의 불법행위임을 지적하고 있다. 시인은 간도를 회복되어야 할 하나의 동토(凍土)로 설정하고 있다. 한국의 사드 배치로 경제 보복을 자행하는 중국을 향해 포츠담 선언 이행을 촉구하고 있는 것이다. 협약 내용 자체가 양국의 불법행위임을 전 세계에 고발하고 있다. 또한 간도 반환에 대한 강한 의지를 천명하고 있다. 그 국제법적 근거는 포츠담 선언이다. 포츠담 선언에서 패망국 일본은 부당하게 빼앗은 한국 등 영토를 돌려주게 되어 있다. 여기서 간도협약 자체가 국제법상 무효임을 '간도를 돌려다오'라는 부제를 통해 피력하고 있는 것이다. 간도의 귀속 문제는 한국과 중국 사이에 여전히 미해결 현안이다. 이에 따라, 국가 정체성 회복을 선언한 시인이 일성으로 간도가 대한민국의 땅임을 노래하고 있는 것이다. 간도에 대한 절절한 노래는 아직도 생생한 하모니를 남겨 주고 있다. 중국을 향해 간도를 돌려 달라고 천명할 줄 아는 지성인의 경고 메시지임을 엿볼 수 있다. 경이로울 뿐이다. 시대를 대변해 주고 있는 것이다. 시인은 낙화의 꿈을 펼치는 광양만 파도를 바라보며, 가슴 한복판에서 불어오는 고독 소리에 귀 기울인다.

방파제 끝나는 곳
전등불 켜는 슈퍼
먼바다 들려오는
광양만 파도 소리
어부의 기질 깨우듯
대병 소주 비운다

멈추지 않는 파도
내 안에 머문 그대

가슴에 남는 바람
쓸쓸함 불러오고
그리움 마구 흔들어
고독 풀어 놓는다

－「고독을 풀다」 전문

시인은 새로운 신서정주의를 이끌 깊은 시적 내공과 미적 감각의 탁월한 경지를 보여 주고 있다. 고독(孤獨)이란 홀로 있는 듯이 외롭고 쓸쓸한 마음 상태를 지칭한다. 광양만 방파제 끝나는 곳 슈퍼의 저녁 등불 아래, 파도 소리를 벗삼아 대병 소주를 비우는 어부의 일상을 그리고 있다. 그리움을 마구 흔들어 고독을 풀어내고 있는 것이다. 아름다운 이미지의 직조가 아닐 수 없다. 우리 시대 시인은 시대의 별이다. 한 폭의 광양만 방파제 풍경을 유려한 음색으로 담아내고 있는 것이다.

시인은 육지의 나폴리, 목계 나루에 대한 기억이 남다르다. 「목계 나루」에서 확인할 수 있다.

갈대밭 남은 자리
날아든 청둥오리
청동빛 언어들이
바람을 휘어잡고
줄당긴 함성 소리가
별신제를 부른다

서편에 쉬는 철새
어이해 슬피울까
동편에 걸린 노을
사랑을 붉힌 걸까

암줄에 숫줄을 끼워
띄워 보낸 목계강

-「목계 나루」 전문

「목계 나루」는 청둥오리의 모습을 통해 현실을 읊조리면서 별
신제 줄다리기를 클로즈업시키고 있다. 실제로 목계 나루는 남한
강 일대의 목계별신제를 행했던 역사의 현장이다. 옛날 뱃길의 무
사 안녕과 내륙의 장사가 잘 되기를 비는 민속 의례로써 1940년대
중반까지 행해졌다. 매년 9~10월경에 목계별신제 행사가 3일 동안
치러지는데, 줄다리기는 마지막 날 목계 강변에서 이루어진다. 본
래 무당이 주재했기 때문에 목계별신굿이라는 명칭을 쓴다. 시인의
시선은 목계강부터 시작하여, 그 근원적 상류인 충주댐으로 옮겨
진다.

그날의 가슴 아픈
첫사랑 묻어 둔 채
먼 산만 바라보며
가슴속 달랜 물살
죽음을 빚은 별들이
떼를 지듯 몰린다

나뭇잎 타고 가는
스산한 바람 따라
반백의 가슴앓이
이제는 멈춰 볼까
물 위에 번진 단풍들
저리 붉게 우는가

-「수몰민」 전문

1985년 충주댐 건설로 인하여 고향을 떠나게 된 수몰 이주민에 대한 애환과 그리운 마음을 달래주고 있다. 여기서 인용된 '죽음을 빚은 별들이/떼를 지듯 몰린다'는 표현 속에, 수몰민들의 애환이 그대로 녹아 있다. '충주댐 엘레지'라는 부제를 통해 알 수 있듯이 반백의 50살을 맞은 수몰 이주민의 아픈 충주댐 엘레지(Elegy, 悲歌), 슬픈 노래를 자아내고 있다. '나뭇잎 타고 가는/스산한 바람 따라/반백의 가슴앓이/이제는 멈춰 볼까'와 같은 표현은 참으로 근래 보기 드문 최고 수준의 압권이 아닐 수 없다.

아울러 시인은 대한민국의 정체성을 상징하는 독도에 강한 수호 의지를 불태우고 있다. 「독도는 살아 있다」에서 이를 확인할 수 있다.

속 내민 물결 따라
숨겨진 별빛 한 권
심장을 빼앗긴 채
삼십육 년 맺힌 분노
이제는 비워 내듯이
사시사철 우는가

동해를 탐한 것도
바다를 탐한 것도
모두가 아닌데도
스스로 지킨 영토
파도를 휘감고 앉아
고독 불러 또 운다

―「독도는 살아 있다」 전문

「독도는 살아 있다」는 속 내민 물결마다 별빛 한 권을 생성시

킨 근원지이기도 하다. 민족의 대변인이 되어 영원한 성지, 독도에
대한 강렬한 노래를 선보이며, 한민족의 가슴을 적시고 있다. 아
울러 안정된 삶의 철학을 바탕으로 한 독도 수호 의지를 발현시
키고 있다. 고독의 이미지로 만들어 낸 모국어의 극치 또한 스케치
하고 있다. 더 나아가 국가 정체성 회복을 강한 시적 어조로 부각
시키고 있다. 격조 높은 독도 미학의 새로운 경지에 도달하고 있
다. 또한 일제 36년간의 핍박 역사를 심장을 빼앗긴 역사로 진단
하고 있으면서, 이때 쌓여진 분노를 사시사철 파도로 풀어내고 있
다. 고독을 불러내며 울고 있는 이 시대 또 다른 자화상을 진단하
고 있다.

우수에 젖은 나무
별빛이 내려오면
발그레 단풍으로
가슴속 시골 마을
노을이 앉은 서녘엔
윤슬 타는 은하수

가다가 길 잃으면
북극성 만난 자리
쌍계사 가기 전에
화계를 꿈꾸면서
달빛이 십 리 벚꽃길
환히 밝혀 품는다

최 참판 허연 기침
카랑히 살아나고
갈수록 첩첩산중

두렵지 않은 이유
철지난 허수아비가
춤을 추며 반긴다

-「토지 마을, 악양」 전문

인용된 작품은 새로운 신서정주의 시조를 이끌 깊은 시적 내공과 미적 감각의 탁월한 문학적 역량을 보여 주고 있다. 「토지 마을, 악양」은 섬진강으로 흐르는 물줄기가 있는 작은 마을이다. 아름다운 풍경을 병풍 펼치듯 수놓고 있다. 악양은 박경리의 『토지』의 공간적 배경이기도 하다. 이곳에선 최 참판댁의 땅을 밟지 않으면 마을을 다니기 힘들다 했다. 최 참판의 허연 기침을 재생하고 있으면서 쌍계사 가기 전에 화계를 꿈꾸는 아름다운 이미지의 직조가 아닐 수 없다. 한마디로 한 시대를 관통하는 뛰어난 미적 감각을 바탕으로 한국의 전통적 정서뿐 아니라 특화된 존재적 자각마저 구가하고 있다. 한마디로 아름다운 이미지의 한옥 집 한 채를 짓고 있다. 우리 시대 시조시인은 시대의 별이다. 토속적인 지명을 특화시킬 줄 아는 걸출한 시인의 탄생을 예고한 시편이 아닐 수 없다. 놀라울 뿐이다. 마치 시대를 향해 눈부신 별빛을 비춰 주듯 아름다운 언어를 쏟아 내고 있다.

시인은 이성과 감성의 경계를 무너뜨리는 초월적 존재이다. 우리 시대의 따뜻함을 그려 내며 방황하는 영혼을 치유하는 힘을 갖고 있다. 감동의 언어로 죽어 가는 영혼을 살리는 전지적 능력도 가지고 있다. 지상에 존재하는 그 어떤 생물이 한 번이라도 따뜻함을 느끼게 만들면 맑은 영혼의 체온을 가지게 된다. 이 때문에 시인은 이 시대의 마지막 메시아적 존재다.

"왕나경 시인은 독도 수호, 간도 회복에 대한 간절한 염원을 세상에 전하면서, 광양만 김치에 대한 진솔한 이야기꽃을 피워 감동의 흔적을 남기고, 그 향기로 방황하는 영혼을 치료하고 있다."

광양만 홍보대사, 왕나경 시인은 광양만 파도로부터 시작하여 곳곳을 알리면서, 광양 매실의 꽃잎 속에 숨겨진 소우주까지 발견하고 있다. 광양을 수호천사처럼 지킬 뿐 아니라, 광양만 김치의 속 깊은 이야기 역시 세상에 풀어내고 있는 것이다. 광양만의 스펙트럼을 선보이고 있는 것이다. 이제 광양은 시인 왕나경을 얻었고, 시인 왕나경은 광양을 세상에 전도하는 초록빛 전령사가 된 것이다.